捷　著

淡如香

羊城晚报出版社
·广　州·

图书在版编目（CIP）数据

人淡如香 / 黎伟捷著. — 广州：羊城晚报出版社，
2014.10
ISBN 978-7-5543-0135-7

Ⅰ.①人… Ⅱ.①黎… Ⅲ.①诗集—中国—当代
Ⅳ.①I227

中国版本图书馆CIP数据核字（2014）第226195号

人淡如香
Ren Dan Ru Xiang

策划编辑	吴 江
责任编辑	胡艺超
责任技编	张广生
装帧设计	友间文化
责任校对	杨映瑜
出版发行	羊城晚报出版社（广州市东风东路733号　邮编：510085）
	网址：www.ycwb-press.com
	发行部电话：（020）87133824
出 版 人	吴 江
经　　销	广东新华发行集团股份有限公司
印　　刷	佛山市浩文彩色印刷有限公司
	（地址：佛山市南海区狮山科技工业园A区）
规　　格	787毫米×1092毫米　1/16　印张6.25　字数80千
版　　次	2014年10月第1版　2014年10月第1次印刷
书　　号	ISBN 978-7-5543-0135-7/I·196
定　　价	27.00元

2

目录

第一辑 生活

剪裁和锤炼，之后出炉，但是，如何用更鲜活、新颖而且可以完全和心中所想的同出一辙，这是一个富于挑战的过程。

诗中的作品大部分是在夜阑人静时创作，每每灯下独坐，舒纸展笔之际，脑海波涛一浪接一浪，意象一个又一个涌现，有时虽经冥思苦想，或绕室徘徊，也往往一无所获。于是，把其中想好的一两句置之一隅，把笔一掷，几经酝酿、发酵，最后由米变饭，由饭变酒也说不定。

当然，最令人无法解释的是，我会在极偶然的情况下，任意挥洒出一些"无心插柳"的作品，如《柳下》、《雨滴落的声音》、《四月的清晨》、《色》等等。就是说，这些诗早已潜伏在一个不为所知的暗处，呼之即出，诗贵"自然"，所谓"自然"大概就是一粒无意跌落泥土的种子，经过阳光、空气和水分的滋润，从土壤长出一棵树，因应大自然的次第，生命的精彩也就点缀其间了。

我的诗来自多年的内心世界，来去自如，穿越时空，无形无相，不占丝毫空间，与现实若即若离，是生活色彩的展现，也紧跟时代和社会的脉搏，虽无实用价值，却时刻在跳动，以证明自己的存在，仅此而已。

出版这本诗集之前，一些诗曾断断续续在朋友圈出现过。如同我们探望亲朋，每次都倚门而谈，从未想过迈入家门。如今，家门敞开了，任何人都可以进来，看一看我的内心，看看一些似是而非的句子，也许这正是你真正需要的东西。是为序。

2014年8月10日

生命的轨迹每天都在蜕变，《人淡如香》是我的处女作，隐藏稚嫩和青涩，平淡的生活如花，自然、淡雅，香气散遍虚空，或许正如某人所说，这不算诗，而只是一本日记。然而，诗也好，日记也罢，使文字变成铅字，最终有一个归宿，是我多年的梦想。

众所周知，诗人富于想象力，我还不算一个诗人，但我会在诗中寻找生命、表现生命与诠释生命，多年的经历使我的"心"更加活泼和宽广，心一旦放下，便与大地融为一体，如树之影，存在而不占空间，从而不断寻找一度丢失的"真我"。

在写诗的过程中，只要找到了一个好的意象，犹如摄影，找准了目标，而后就思考如何安排错落有致、光暗得宜的效果。同理，在创作的过程中，内心先有朦胧的诗意，然后寻找适当的语言予以表达，或者先有一个诗意极浓的句子，经过推敲、酝酿、

目录

生活

生活

嗔念由心发，海动波相随。

势已现颓流，何苦逆而上？

定亲

事成了
就择个吉日
连同下半生
交给另一个人

戒指肯定戴在指上
套进去
就像拴住了一生

相连的树
勾搭成伴
由暗中往到明里来
选定你
拧成一股

其实　从门外到门内
还有一段距离
却被三个字
挑明

喜鹊已爬上枝头
传递两家人的话

于是　欢喜的笑声
一个　又一个
进门

二〇〇七·十二·七

第一辑·生　活

距离

你睡着了吗
我只能用梦来丈量与你的距离
泪水刷白眼前的天空
从南方到北方
穿透一个遥远的空间

我已无家可归
遗弃在千里之外的细节
或许只是瞬间，断肠人
咫尺变成天涯
有一个梦在虚幻中重叠
却从此不再相遇

从梦里走到梦外
由开始到结束
圈圈点点
方知你我
天各一方

二〇〇八·四·廿六

坐现遍虚空，水性自清明。

观照驻当下，妄念自安住。

国恩寺

菩提是心树

在握手的瞬间掀起悟性

檀香一炷　再上一炷

孽障随熏烟袅袅而去

如雾的姻缘　惊诧于神灵的澄明

暗许的芳心在佛光中穿行

双手如燃尽的香烛

彼此的夙愿凝噎在手心的余温

二〇〇七·十二·卅一

水因波浪兴，

人皆烦恼蔽。

否极终泰来，

云开月见明。

暮鼓

地狱之门　　　　　　　眉心亮着，映示黑暗之外的事
无论打开或者敲响
两只眼睛都关闭　　　　我完全地听见了我与鼓声和黑夜
　　　　　　　　　　之间的震撼

　　　　　　　　　　我非草木
　　　　　　　　　　紧闭着的心
　　　　　　　　　　依然在响

二〇〇八·七·廿五

倾听

闪电的流畅

瞬间编织着

雷的旋律

雨的纵情

雨的间隙

伴随

瞬间的柔美

花开的声音

随着季节的拨弄

没有丝毫堕落

如水的心

静止和浮动

一样悦耳

飞翔的鸽子

自由

是最近的空间

二〇〇八·六·廿七

桥

点点的是繁星
柔柔的是湖水
星与水的结合
不知是哪一个七月的错
选在这一天聚散

鹊桥连接着
佳期短暂的梦

西湖的灵，银河的巧
生生的姻，世世的缘
朝与暮的相连
勾勒出分离的绝唱

二○○八·八·八

倒影

对岸的夜景
已被我用笔
拴在船只停泊的地方
描了一遍　又一遍
顺便请星星潜入水中
为我点燃一排排圆圆的月光
你妩媚的脸庞
原封不动地复制到我暧昧的心间
虽有波涛
却面不改色

闪烁了一个夜晚的灯光
随时可能熄灭
我反复凝视
如此颠倒凄美的结局

于是，我常常想
抓不住的
或者比原来的更加踏实

二〇一二·六·十六

四月的清晨

是谁偷走了蒙眬的睡意
小鸟的叫声装饰昨晚的梦

眼睛把太阳从窗前摄下
挂在柳枝上的月，一定坠到湖里去了

     我是一只纸鸢
     在四月的早晨
     把一窗的风雨
     追逐成黄昏的落日

     二〇一四·四·十一

欲去欲还在，
念起觉不随。
业消南赡部，
心处金刚座。

消失

在空气中说话
声音越来越弱

天很空旷
寂静纹丝不动

慢慢褪去的
是说话的人和声音

风透明起来
似乎把一切都掩饰过去

二〇〇八·六·九

母亲

眼睛静静地把月色睁开

孩子在吮吸多汁的乳房

丰沛的奶水沾住发端

嘤嘤的啼声　惊醒熟睡的露珠

寒凉悄悄钻进被窝

母亲的体温

一次次塞满我渴求的眼神

我喂喂的节奏越过夜色

母亲不顾凉意

轻轻揭开我的襁褓

添加一件件温情

二○○九·五·九

声音

门是虚掩的
进来就行了

接纳了你
就拒绝了空虚

一瞬间有多久呢
倾听，沉默，或者面对

听见了
这是美好的事

二〇〇七·十二·卅一

婚纱照

如水的月光
泻入你的倩影
其实你已拥抱了我
只是在梦中

你一次又一次地看着我
我一次又一次地伸展双臂
两手空空　泪也空空

多想你提着裙裾　转身
走向我，和月光一起
旋转
一圈，又一圈

这时，我明白了
幸福的感觉
纵使遥远
却常常在我身边旋转
左一圈，右一圈

二〇〇七·十二·十三

足迹——多伦多的冬天有感

风抚摸光滑的脸庞

疑是窗外的雪花

阳光抖落了我的视线

风雪穿行在你我之间

雪里的印迹装满了另一种声音

像枫树的叶子

留住的阳光穿透了另一边

目光挡不住风的足迹

万里之外

风雪的交错溅上眼睑

互相对视

二〇〇七·十二·十八

心乱静物散，凝神须睁目。

莲师一声咒，念念定乾坤。

云

云朵悄然贴近我

拥抱着整个秋天

在风中吟唱

我的眼睛不敢和你相碰

云朵啊

和蓝天相依

变幻无穷

难以聆听你的足音

云朵啊，你自由地悠走

带来蔚蓝的晴空

像雨水洒遍大海

飘忽

避不开风的吹袭

云啊，你缥缈短促的旅途

挥袖　像流动的星星

二〇〇七·十一·十九

红尘有尘难出尘

单空是空终归空

寺

别走身上的喧嚣和微尘

走进空与色 一次次的虔诚鱼贯而入

亏心事和造作

于佛前让人无所遁形

暮鼓晨钟 大隐隐于市

心灵一次次过滤 再一次次过滤

就像飘过的云彩 默默看着下面的人群

一览无余的尘埃

被忏悔

擦亮身上的佛光

一盏长明的灯

有五百各异的罗汉

对着普照的禅宗膜拜

一下 两下 三下

酒肉 穿肠而过

埋藏在隐隐的灵气之中

二〇〇七·十一·十六

且说海浪

有了接纳百川的胸怀
也就接纳了
风和雨
长江和黄河
此岸和彼岸
你和我

长江黄河你和我
这是某种心灵与思绪的距离
构成唇齿相依的关系

而海与浪的关系
风不知道
雨不知道
长江黄河不知道
你我更不知道
只有波浪淘尽脚下的沙子
退回曾经平静的海洋

二〇一三·十一·十二

海想说的

巨浪涌动的瞬间
如情人动情的心跳
在哗哗的响声中
一路撞来　　　　收拾心情
　　　　　　　　湿淋淋的沙子
　　　　　　　　一节节后退
　　　　　　　　让空间
　　　　　　　　归零如初　　　　你最好留步
　　　　　　　　　　　　　　　　激荡应犹在
　　　　　　　　　　　　　　　　不然
　　　　　　　　　　　　　　　　身后怎会掀起一阵哗然

二〇一三·十一·十二

泡温泉遇雨

坐在雾里

鼻尖上的白玉兰

熏醒了我的梦

凄清的雨点赶走月色

把池里的雾气

全部洗净

雨如歌

雾如歌

水如歌

这唯一的雨

唯一的雾

把唯一的水

搅拌成温情的泪

二〇一三·十一·廿九

色

花是树之色

草是山之色

山是地之色

苔是石之色

云是天之色

雨是水之色

莲是藕之色

笔是画之色

笑是人之色

空是色之色

二〇一三·十二·九

有欲有色有有情，

无贪无嗔无无明。

万缘放下又提起，

轮回六道难解脱。

时间

夕阳从手指滑落

害怕明天的光芒

公鸡催促钟声敲了十二下

生命的指针跌落深渊

就算是新年的欢乐

也填不满双眼干裂的河床

二〇一四·一·卅一

夏雨

早晨

被伞上一阵骤来的声音吸引

仰望的脸

雨点纵身而下

清洗昨天的梦魇

雨水积聚的梦

沾湿了我的裤脚

如果是酒

请不要赐我清醒

因为清醒的目光

难以辨出眼前浅一脚深一脚的颠沛

如果是水

请不要停

雨停了

无非是心里被洗刷的一片空白

酒和雨

都无法填平我早已龟裂的心

二〇一四·五·九

生活

手伸入口袋

无非找寻温暖

睁开双眼

无非找寻光明

鱼儿一跃而起

无非为了吸氧

蜘蛛勤劳织网

无非为了生存

蚕儿作茧

无非为了自缚

飞蛾扑火

无非为了殉情

我爱你

无非为了相互取暖

二〇一三·十二·廿七

醉

随手一扬

天上布满了星星

这时

苏东坡举杯问:

月在哪里?

二〇一四·四·廿六

平行线

两根线条，便让人走一生
你这无边的风景，让所有的人
都迷了路，让所有所有的人
都不相信会有重逢

只有时间才能丈量你的深度
距离是一道墙
就如隔着一片情
总有无垠的问候捎给
同一位置的人

走一走高山，走一走流水
就会发现，日子
是这么走走停停
平行出来的

二〇〇七·四·十七

致教师

在一张白纸上
填上
平平仄仄的
句子

让这句子
由短变长
由浅入深
圈出一串串的钥匙

让这钥匙
开启九月，白露来了
露水正缓慢走过来
来时的两手空空
来时的两袖清风

所有光阴的丧失
就出现在九月的突然到来

或者　只有
在一张纸上
才有了语言
一句默不作声
一句不露痕迹

二○○七·九·十

第一辑·生活

旅店

行色匆匆
匆匆行色
留下
一串脚印
一夜印象

夜
陌生与陌生之间对着
什么时候来什么时候走
都不拒绝

这一晚
每一个过客
进进
出出
连做一个梦都是
匆匆
忙忙

二〇〇七·八·卅一

茶

从叶海中分离
是开门后
惦记着的第七件事

见到茶就想到水
想到水就想到你
茶一样水一样质朴的家珍
人一样事一样缠绵的情感

细微的功夫
冲出日子
幸福很浓
痛苦很淡

岁月从壶上抬起
一道道韵味
如同唐诗宋词

二〇〇七·四·十七

沟通

岸与岸站着说话
中间的部分就叫桥

男人与女人之间
中间也有一座桥
从桥头走向桥尾
往往就是一生的路程

想不通的时候
就去桥边坐坐
用水把桥的两边勾起来
让直白的心思转几个弯弯
然后回来
这就叫沟通

二〇〇七·四·十

门

敲响的
不仅仅是门
还有那密密麻麻的私语
如期而至

打开紧闭的心扉，酷似
轻轻相碰的眼神
给等待带来生气
收获一掠而过的柔情

举起手
一声轻叩
生命在另一处听到了回应

二〇〇七·三·廿七

第二辑

自然

静

飞瀑
泻醉了整个水面

女孩手中的针尖
掉了

树上的小鸟
睡着了

鱼儿躲闪在水中
我屏住了心跳

二○○七·十二·十三

真理轻言变妄语，止语修心成真理。

浮云

有风的日子
心情难以平静

虚构的情节
高高在上

积聚真情
或不堪重负
却泪如雨下

得到了
心悬浮在半空

二〇〇八·二·九

栗子

生下来就像贝壳
刨开你的心脏
清香从心中走出

你饱含蛋白质的心语
丰富了我的情感
你坚硬的表情
护着我的营养

瞅准了
把里面的爱掏出
弥补我心中的遗憾

二〇〇八·二·二

黄了的谷穗

甜美一刻，是谁这么不胜酒力

缠绕的穗穗儿，垂下害羞的脸蛋

成长的过程，由软变硬

由绿变黄的腰杆，其实是从根部悄悄挺直的

酒气如兰。浮想成秋天的心跳

饱满的乳房，那是宝宝的喜悦

掩起又蹭开的襟口

无非是想展现母亲起伏的胸脯

酒杯和镰刀

为爱的丰满举起

泛飞的朵朵红晕

旺盛与蓬勃

那可是女人们人见人爱的宠儿

二〇〇八·十一·八

秋色

倾听花落下的响声
果实在风中显露
夕晖之水频频轻漾
淌在起伏的波涛之中
黄澄澄的一身沉思
此时已升起不凡的气度

高旷的云
渐行渐远
那轮金色的阳光
让山村变得温和

我蛰伏在丰收的情感里
重拾着岁月的题目
让我思索一生
从素净的天空
从人间的本质
从大地的深处

收获的　悠悠苦甘

走进这景色

心境摇曳

巡逻在我心中的守候

融融的落日

以种种颜色

和暗示　展示出

无边的诱惑

生命的年轮

用大自然渲染出

一串串的色调

浓缩成斑斓的季节

我所有的召唤和喧嚷

融化在这恒久的风景

一切的色彩

都跃为感激和热爱的音符

二〇〇八·十一·二

彼有岸，此有岸，彼此有岸；

苦无边，海无边，苦海无边。

月光

云层
遮掩起来
承诺藏匿在风里
吹开
我起伏的情感和仰望的目光

月色没有十全十美
我也没有十全十美

我们怀念的秋天
来了，告别了热辣辣
一切事物似乎很近
有风，也有月
我在自己的云层里
走不出去，就以月光的名义
将你链接

二〇〇八·八·三十

桔

太多的思绪都注定了。像一串串
既定的吉祥
寒风，悄悄吹来了
天空上无数摇曳的灯笼

你比除夕还早
比中秋的月还圆
返乡的民工还在路上
你迫不及待的姿势
红透一树的枝头

你埋首内心的样子
让我心酸
翻遍春夏秋冬
只有你，让一个个寒冷的日子
充满甜蜜和吉庆

你用一生的红
映衬我对春的眷恋

二〇〇八·十二·八

夕

草丛藏起了日落
飞鸟回归了巢穴
牛群的嗷叫远远传来
归家的足音

温热的饭菜
流出温暖的诱惑
溶化了满路的霜色

苍凉的黄昏
夜色埋没了余晖
青山的笑声
依然悦心

这个时候
星星在眼角闪烁
犹如妻子遥望的目光

二〇〇九·一·二十

地球仪

拨动手指
世界仿佛在你的掌心中
旋转

天地之间
浓缩在眼前
在背光的暗面
飘移着一个梦

纬度在掌中旋转
晕倒的山坡
堆积着很多故事
曲折的河流和浩瀚的海
交叉在经纬度的脸上

一切停滞。留下一串串
会飞的
悬念

二〇〇九·二·二

归

箭一般的心情
涉水而过

此刻　我在寻觅
曾经走过的脚印
我的心事
悬浮在流水中

水　滑落在鸭背上
是谁用一支篙
赶春归来？

二〇〇九·二·十九

春

情思总也走不出

阳光的怀抱

屋前屋后

花开花落

看风和日丽

数带雨梨花

岁月，沾满季节的源头

一个梦

总出现在春天

二〇〇九·二·十六

缘起缘灭皆有数，

梦迷梦醒不由己。

垒

栖身风霜的墙上
纵然实实在在
心　还是忐忑不安
欲掩还现的柴门
剥落在灵魂的深处

把世俗拒在门外
把约定垒在山上
把誓言搁在流动的清泉
把家安在石上
把爱刻在心里

把心垒好了
才称得上安稳

二〇〇九·三·二

曲径深深

昨日的人儿呢
如今身在何处？
树　慌乱着
等待风的搁置
悠悠小径
洒下一路的不眠之夜

路，一直延向远方
亭台只是过客
在阳光和芳草之间
净化

二〇〇九·二·廿一

那个秋天

树叶的凉意是风的节奏
沿我的手臂爬上来
雨水如期而至
缓缓深入心田
阳光穿透云层
一个期盼已久的季节来了
天空因此变得沉重而结实
爱情也染成黄澄澄的颜色

学会淡然或者深沉
那个秋天，正是用这种心情
传递信息
并使我们懂得——
如何面对喜悦和忧愁

风雨后的阳光
犹如一种流动的温暖
悄悄走进我们黄昏的天井里
冲洗着我的心田
日渐增多的衣裳
包裹着两颗心拼成的秘密
日子渐渐冷了
已经悄悄
回答了我的问题

二〇一一·九·廿七

水声

倾听一网最风情的笑语
踮起的足尖慢慢着地
搁置在浪尖的心
平复如初

水天茫茫
在焦灼之间渡过
涨满的桅帆，悬浮
风浪过后的水声
摊开的轻舟
飘荡着一生的渴望

二〇〇九·五·卅一

雨声

想见和相见
我知道其中的期待
比如我习惯了你的一声轻唤
像这些分行直泻的雨滴
是多么向往汇合的声音

生活在风浪的边缘
以久远的渴望获得疼痛后的幸福
我不是雨滴也不是溪流
在举棋不定的时候
请先赐一点平静

二〇〇九·五·廿九

风声

纵然渐渐远去

一切都不会消失

承诺和放弃之间

不经意的伤害

是常常揭开的疮疤

把一丝风放置在烟雨里

让时间生出难以启齿的寂静

穿透终生难忘的瞬间

轻拂失之交臂的含蓄

直到蔚蓝和星星相依为命

抛给我一个个

不眠之夜

二〇〇九·六·三

蜻蜓飞

一直以为很逍遥

飞过雷雨的夏季

在秋天一定会含笑枝头

一直以为很轻盈

虽满载风雨却已如释重负

贴近湖水贴近微风

留下了一条飞翔的航线

明净的天空里

残留昨夜的雨滴

让我偎依

在脆弱的荷叶

雨后的心情碰到阳光

冰凉的血液突然感觉到暖流

残留的疼痛是否还会漂泊一生……

二〇〇九·六·十四

榕根

不安于地下

却向往泥土

之后

以最土的姿势

吃掉一大片天空

我逼迫土壤与岩石联姻

手已伸出

期待你的纠缠

之后悄然离去

我知道前后左右

空无一人

据说天空很蓝

怯与群雀的啾啾

我以泥泞塞住耳朵

蛰伏无声

用四时的绿营造一种气氛

风中雨中

爬满青苔的碑石

镌刻出一段段沧桑与辉煌

二〇一三·十一·廿一

风雨

当水珠装饰着风中的窗台
我便从拍打声中走出

在玻璃上用手
试图撑开一片天空
以及天空之外的
风雨

我听到喘息折回的声音

二○一三·八·三

六度来渡上彼岸，原来彼岸即此岸。

傲慢种子来生根，佛陀现前也枉然。

雪醒何处

令人飘飘然的，莫非就是
空中一朵朵无声的沉默

远处舒缓的梵音
伴着雪花
飘进休眠的窗前
梦里的一声重咳
倒飞了
来不及扑窗而入的寒雪

千里天涯蜷缩成咫尺的嘘寒
不一会，河对岸的钟声响了
惊醒夜鸟的鸣叫声
把寺里的烛光
燃点

二〇一三·三·十三

日落

黄昏，火球浮动在海的中央

轻轻问一问
能否赐我一轮明月
留住
山中最后的景色

二〇一四·四·廿六

情感

碎月

盼望已久了，用月色砌成的风
我无从等候，也无从停留
分开的故事，都被雨水拨动
倾诉成流水的荡漾

一个人远去，另一个人
就把月光砸碎
成为满天的星星
落满一地的牵挂

每一寸肌肤，触手都是凉意
一樽圆月，复制着月色
中秋也可能破碎
有多少孤单
就有多少月色
岁岁的月光
填满了相知的距离

二〇〇八·八·廿九

大雁

念念不忘
南下的日子

当天空打开多情的页面
在飞翔中被风梳理成你我

阳光释放的湖光山色
翘首的波光接近秋水

栖息在短暂的归期
翅膀上只剩下一字排开的南来北往

二〇〇八·十二·廿三

是梦是真尽本空，
是业是果空不尽。

三界有情欲难填

六道轮回六度渡

出离菩提在一念

明心见性乃不住

入夜徜徉情侣路

入夜之后

沙子与水皆冷

岸边的浪声

把十六的月亮

斜挂在

瞭望塔上

静静望着它

却不料

它悄悄爬到了海面

闪烁如邻

二〇一四·二·廿五

相拥

相对时

我使尽全身的力气

注入悸动的唇

那种温暖

狂风中的巨浪亦无法冲开

早已凝固成火的心

二〇一四·二·廿五

望月

在远处抬头
心隐隐作痛

我试图用一盆水
把你复制在眼前
谁知一低头
眼眶里又
簌簌跌落一圈圈
刀绞般的涟漪

二〇一四·三·廿六

桃

阳光下一枝枝喜悦

散落一路的运气

静听花语

香气悠悠

卷进梦里

桃啊　只想你

在这深情的诗句里

所有的不幸都在劫难逃

像桃花一样重情重义

像春风一样笑容依旧

二〇〇八·三·二

宏村画桥

除了流水
一切都是明朝的
从此一分为二

你其实是画
夕阳，正和十月的湖面说话
嘴唇一动一动
说着说着，池荷也来凑热闹了
说深秋的手指太凉
这时，你正站在桥上，看我
眼睛一眨一眨的
粼粼的波光，层层涌来
看笼罩我的圈圈，从西边坠落
直到湖中一轮冷月
闪烁如你

二〇一三·十一·十八

只好如此

潮退了
礁石还在
风雨停了
寂静还在
太阳落山了
人儿还在
黑暗来了　　　　　岁月没了
灯火还在　　　　　白发还在
　　　　　　　　　人走了
　　　　　　　　　海鸥还在
　　　　　　　　　你走了
　　　　　　　　　吻痕还在
　　　　　　　　　或者，寂寞还在

二〇一三·十一·十四

夕照

相遇于山
还是相遇于月
我把头悄悄埋首草丛
相遇于山就离开了月
而离得更远的是
如墨般的背影

我在山上看你
月在天上看我
海上有人抱着一团火等我

二〇一三·十一·廿九

偶遇

比诗更美的

是歌

比歌更香的

是花

谁知道花在哪里

走了吗

刚刚还看见在丛中笑呢

茶里酒里

月里水里

怎么也猜不到

会躺进我的梦里

二〇一三·十一·廿九

蚀

即使遮遮掩掩
月儿也注定要挣扎着出来
即使冷冷清清
守候和迎接也不会失之交臂

这被乌云染透的心结是我明亮的开始
这隐藏的秘密是那样不可动摇
这飘移的色彩是我要发出的短信
这漫长的明月是你给予的馈赠

如果你真的害羞
如果你还未出现
那我必定会钻进你温馨的梦怀
这瞬间的悠长由黑夜张开
难以启齿的双唇

二〇一三·十二·二十

你的笑

张开你的笑
从垂柳间拂过来的
竟然是湖里的波
我在这边
你在那边
我们相会于波心一层层微漾的表情

二〇一四·二·七

海边偶兴

那真是浪涛拍打的掌声吗?

在月下
在灯光和风声徐徐拂面的时候
岸边
脚下的沙子钻进了鞋

这海岸的名字叫作情侣?
或者吧
否则
海风为什么会把女子的裙裾
撩起云絮

入夜无月
海风中闪烁的灯光
无数对情侣
形成了另一种浪涛声

二〇一四·二·廿三

裙裾

不经意的那么轻轻一扬

涟漪在溜转中

一一展现

所幸两眼已然瞥见

并捎上微风

收拾那层层散去的涟漪

二〇一四·二·七

理由

　　首先感知寂寞的
　　不见得就是雨滴
　　也不是雨中撑起寒天的我

　　想在寒风中互传体温
　　手中的伞柄
　　悄悄弯成了一个大大的问号

　　二〇一四·二·廿五

日出

如果有人对着江面大喊：
日出江花红胜火
春来江水……
最后的尾音一定落在
绿和蓝上

趁喊声未落
我赶紧牵着你的手跑向海边
迎着地平线冉冉升起的太阳
此时，我们的脸庞感知同样的温度

二〇一四·二·廿五

昔日真情性，今朝性情安。

八风吹无明，随波逐彼岸。

心路

你送我一轮残月

好让我避开漆黑

我却错把它当成太阳

以为有光的地方必定畅通无阻

我想还你圆圆的明月

却怕太完美的事情化为泡影

我常彳亍于模糊的小路

徘徊于那交错的十字

抬起脚

又害怕找不到踏出去的理由

也许　也许踏出去以后

有人还在犹豫

犹豫那一条无法回头的

荆途

二〇一〇·六·三十

要是

你来的时候，经过

用思念串起来的日子

我的木门永远为你虚掩

你可以静静地推开

我在微笑守候

然后携着你的手

让我的唇温暖你的脸庞

拥你走进整个冬季

给你描述许多许多夏天的故事

二〇一〇·十二·十九

素描画

试图把你涂鸦在那张纸上
握笔的手就显得更沉重了

你瞬间跃然纸上，成了笔下的线条
游走在你身边，倾听均匀的呼吸
你存在，爱便不绝

哦，颔首初露，这动人的一笔
我的名字，悄悄站在你的左下角

二〇一三·一·廿二

一念之间收散心，念念相续深一层。
待得一物挂瞳眼，光影门头某眼前。

枕边私语

垫一头长长的吻痕

软绵绵的梦

窃窃私语吵醒枕边的泪

拥抱着的暖意

突然变凉

床儿宽了，心也碎了

枕边的故事

一边说给太阳

另一边说给月亮

二〇一二·六·十四

沙子留在岸边

潮退了

沙子留在岸边

笑声留在岸边

你的身影

留在岸边

直到

把夕阳

坠在了西边

二〇一三·十一·十二

七夕

桥在对岸
我就这样
朝朝暮暮地望
明月在眼前
我就这样
圆圆缺缺地过

就算有桥
我也不过
就算有月
也是半月
我留下来
就等月圆的到来

在如梦的佳期
相见
我轻轻　轻轻把
时光留住

二〇一三·八·十二

伞下

滴

滴

答

答

我怎么

听见头上有弹筝的声音？

撑起两个人的世界

聆听

千种曲调

伞下的喧哗柔情

未曾淋湿咱俩的笑声

二〇一四·四·廿六

雨滴落的声音

！

！

！

滑过玻璃的脸

像昨夜留下的泪痕

感叹号积聚在睡醒的荷叶上

留下一地的窃窃私语

雨滴丈量着你我的距离

二〇一四·四·廿三

夏语

夏天，火光一般的名字

在湖中升起

你对四月的天空呢喃

时光如水一样就好了

这时，你正守候黄昏，等我

湖中夕照的倒影，有我，也有你

看粼粼的波光，从暮色升起

如果今晚有月

也闪烁如初

二〇一四·四·廿六

菩提树

多年前的菩提树被我砍了
把种子交给她
树没有了，她有了明镜

本来无一物，我仍在拂拭着尘埃
和树叶一起
随风纠缠

二〇〇七·十二·廿一

春雾

或许，这只是暂时性的
又或许，等待阳光的来临

若隐
和若现
隔衣相拥
不知不觉
头上又
簌簌捎上一丝丝
无声的叮咛

二〇一四·三·廿八

柳下

一不小心把诺言挂在柳树上
枝上的叶子不由自主垂头了

我在树下，诺言藏匿叶丛中
每一片叶子属于我，你在其中
因为这样，紧扣的十指便不会松开

这时，斜风细雨不怀好意
悄悄搔痒你我的静默
也许江边隔着的一层雾
就是最近兑现的诺言

二〇一四·三·四

春雨你是我唯一爱情

春天的脚印
雨交给风去细数
你的行色匆匆
是头上的私语告知你的去处
我沿着河岸的垂柳追逐

唯有蓝天知道
一颗静守的心
爱的雨滴洒落在
情感的土壤

二〇一四·三·十一

爱情十帖

第一帖

烟花在散落时才想起灿烂的日子
昙花则习惯在夜间哭诉

第二帖

所有的眼睛都容不下沙子
擦干泪水
我在眼里发现你的身影

第三帖

幸福来得太快有啥可怕
可怕的是
幸福走得也快

第四帖

蚕织茧时，并不知道在里边
直到结尾
才知自己也不幸缚了进去

第五帖

留情容易
而忘情
却很不容易

第六帖

蚊子咬人不兴打招呼
如同爱
说来就来

第七帖

不是说你我像筷子吗
丢失或离弃一只
谁也无法把丢失的心夹起

第八帖

人走了
惊涛仍在拍岸
灯光仍在晃动
秀发
仍在拍岸

第九帖

一夜无梦
糟糕，连梦都丢了
趁被窝还热
赶快寻梦去

第十帖

婚姻是名词
爱是动词
婚姻加爱
如同生活
生活加上盐
等于咱们的创口
又伤了一回

二〇一四·三·二

浮萍

一生与水为伴
无风的日子，水没有波折
在生命的水面闲庭信步

你出没的地方已深入人心
一瓣瓣碧绿
在水中出落成一句洁白的格言
我的手指轻轻掰开了千年的心事

一层水波，两个世界
撑起你的心间
纯洁而脆弱，像爱情最初的颜色
漂浮在没有根的生活深处

浮在水面的间隙里
柔软得像别离的心
隔着浮萍和一夜的雨
总让人触痛平静的根部

二〇〇七·五·四

香水

扑鼻而来的
是别人粉饰过的心事

被香味熏染过的空气
感觉游走在流动的花朵间
馥郁堆积成烦乱的心境

一阵清风偶尔流入巷子
稀释了浓香
成为一种美丽的感觉
此时你会发现
持久的情感
生育在淡淡的环境中
犹如久远的歌声
在空间留下一丝香醇

二○○七·四·三